Owe Berthling

Ditt Nu

En självbiografisk roman

Förlag: BoD – Book on Demand, Stockholm, Sverige
ISBN 978-91-7969-536-1

Till Boris, Arvid och Vidar

här är livet nu

ditt liv

som är

Ditt

Nu

Kom till världen

Det är en varm augustidag.
Fönstren står på vid gavel på det nyöppnade BB.
De vita gardinerna fladdrar i solljuset.

Allt är som upplagt för ett lyckligt liv.

Röda mattan rullas ut.

Allt är möjligt!

        bländvita hägring

        allt vidöppet

        kom

        kom till världen

Bistra tider

Hejig basa, ropar jag när farsan tänder eld i kakelugnen.

Den varma elden tinar upp den smällkalla vintermorgonen.
Rimfrosten täcker halva fönstret, men kroppsvärmen finns kvar
under täcket jämte morsan.

Bistra tider präglar uppväxtåren för de äldre syskonen med
massarbetslöshet och ransoneringskort.

Det gäller att vara återhållsam.
En enda krona får räcka länge till mat åt hela familjen när det är
som värst.

Men det hade varit värre, ännu värre.

Farsan fick engelska sjukan när han var 11. Hade svårt att stå på
benen på grund av näringsbrist. Svalt helt enkelt.

Ute på spaning efter att få något till livs.
Kommer till en gård några kilometer hemifrån, knackar på.
Möts av en härlig doft av nybakat bröd.
På sängarna ligger rad efter rad med nybakade limpor och bullar.
Tar fram en slant, ber att få köpa.

Avvisas.

Snålhet och snikenhet, från den som har råd att dela med sig,
glömmer man aldrig.

På hemvägen stal han en rova.

Morsan däremot är född på en annan liten gård.
Inte så fett där heller, men man har ändå tillgång till rikligt med mat
för dagen.

Både mormor och morfar är döda innan jag blir till.

Berättelserna om mormor värmer.
Hon är en ängel enligt morsan. Generös och utåtriktad.

Morfar är mer lagd åt det strama hållet. Missbelåten med att inte
ha fått någon son.

Morsan är fjärde dottern på raken och det ska komma ett barn till.
Ännu en dotter.

Gårdsgrinden slås igen så det genljuder i hela byn när morsan
föds.

Av hävd ärver äldste sonen gården.

Denna ständigt återkommande hävd, som hänvisas till när man vill
åsidosätta rättvisan, inte minst mellan döttrar och söner. Gärna
med tillägget - sedan urminnes tider.

Men, sedan urminnes tider, finns också de som går mot strömmen
vad gäller hävd.
En hävd som handlar om rättvisa, om allas rätt att bruka den enda
jord vi har.

Redan på 300talet uppträder en vis man som hävdar;

Jorden skall brukas av alla, alla tillsammans,
alla gemensamt.
Den känner inga rika, bara fattiga som den föder.

Det är inte av ditt goda, som du ger åt den fattige.
Det är en del av hans eget, som du ger tillbaka.

Morsan vill gärna studera till lärare, men eftersom ingen av de
äldre systrarna fått studera skall inte heller hon få det.
Så bakvänd rättvisesyn har uppenbarligen morfar.

Vi har alla vår bakgrund på ryggen. Morfar har också sin.

Själv har han av hävd ärvt gården.

För honom är nu den stora frågan - Vem ska ärva gården?

Ut i längtansrymden

ut i längtansrymden

ut i det fria livets ström

överväg noga

varje steg

Jag växer upp som tredje barnet av fyra och det känns lyxigt.
Slippa vara bäst och slippa vara minst.
Mittemellan är perfekt. Där får jag ett bra livsutrymme.

Här finns mat för dagen, kläder på kroppen och tak över huvudet
och här finns framför allt - kärleken närvarande.

Här hör jag hemma, här känner jag mig trygg, inte minst tack vare
att morsan nästan alltid är hemma.

Ibland är hon ändå som borta, när hon sitter i timslånga
telefonsamtal med sina 4 systrar. Skrattar högt och lägger ut
texten om allt och alla.

Farsan kommer vitklädd som en brud, i sina målarkläder, med tåget från jobbet i stan.
Han arbetar till och med halva lördagarna, innan 5dagars arbetsvecka införs.

Farsan är trygg och stark, går lugnt som en häst travar, är uthållig och får mycket gjort, även hemmavid.

Han är nyfiken och kreativ, prövar på det mesta som har med hantverk att göra.
Sköter om huset, både till det yttre och inre.

Efter en rikligt tilltagen och välsmakande middag drar han sig tillbaka en trappa upp, för att tillgodose föräldrarna och syskonens behov av kontakt med yttervärlden.

Ofta har jag redan somnat innan han kommer ner på kvällen.

Ibland tycker morsan att han ägnar lite för mycket tid åt dom där uppe.

Det oändliga sommarlovet

Det oändliga sommarlovet står för dörren, med värme, sol och bad.
En tid jag aldrig vill ska ta slut.

En sommar är jag tillsammans Kaj.

Kajan har tagits ur sitt bo och fötts upp under andra omständigheter än att matas av sina egna föräldrar.

Kaj tyr sig till mig när de större pojkarna tröttnat på henne.

Kaj sover ute på nätterna. Sitter på trappan och väntar på mig på morgonen.

När jag lånar syrrans cykel och åker till badet, kommer hon flygande och sätter sig på min axel och pickar mig i örat.

Så börjar sommarlovet gå mot sitt slut och jag simmar ut i sjön.
Då kommer hon och sätter sig på mitt huvud.

Efteråt förstår jag att det är hennes sätt att säga farväl.

Flyger sedan långsamt bort över sjön.

Jag ser henne aldrig mer.

Hon var min bästa vän den sommaren.

mellan då och nu

finns ingen vägg

finns inga hinder

skynda

långsamt

vidare

Jag är ensam pojk i klassen de tre första åren.
Det upplever jag aldrig som något problem. Trivs hur bra som helst
med flickorna.
Vi spelar kula, hoppar hage och rep på rasterna och jag får va
med.

En, ett år yngre flicka, bor i grannhuset.
Vi har mycket kul för oss.

Vi tältar på baksidan av vårt hus, klär av oss nakna, kryper ner i
farsans gamla militärsovsäck och myser.

Hemma hos henne finns, Min Skattkammare, en hel rad böcker jag
aldrig sett förut.
Där finns också, Barna Hedenhös. Hur spännande som helst.

På lördagarna kommer hennes farfar med tåget från stan.
Då lär jag mig att det närmar sig en högtidsstund.

Han har alltid med sig en liten kartong med snöre runt om, som
visar sig innehålla, bakelser.
När jag helt plötsligt bara är där, får jag dela en bakelse med min
tjejkompis.

Så småningom vet hennes farfar att jag alltid är där när han
kommer.
Kartongen blir något större.
Där finns en hel bakelse också till mig.

En annan sommar ska jag delta i höbärgningen, på morfar och
mormors gamla gård.

Jo, gården har gått i arv.

Det blir morsans äldre syster, som träffat en bondpojk från några
byar längre bort, som får ärva gården.

Morsans ännu äldre systrar har det redan på det torra. Den äldsta
systern har gift in sig på en bondgård på andra sidan stan.
Den andra äldre systern har gift sig med mjölnarsonen.

Den sommaren trampar jag hö och som betalning får jag en
kattunge att ta med hem.
Kattungen klöser mig på bröstet innanför skjortan, men vad gör
det. Han är ju min.

Men väl hemma får jag klart för mig att jag inte kan behålla katten.
Som väl är får jag förklarat för mig, varför.

Storebror har haft en katt som blivit ihjälsparkad.
Det traumat vill man inte vara med om en gång till.

Så, bara en kort stund efter att jag kommit hem med kattungen, får
jag ta mig tillbaka till gården och lämna tillbaka den.

En 5krona får jag tryckt i min hand som kompensation.

Med den pengen åker morsan och jag till marknaden i stan.
Det tillhör ovanligheterna att morsan överhuvudtaget åker till stan.
Vi har ju redan den mesta servicen på plats i vårt lilla samhälle.

Jag köper min första gasballong och är så himla glad och stolt över
den. Den är röd.

Hur kan det komma sig att den kan hålla sig upprätt?

Släpper upp den i taket i tågkupén på vägen hem och där kommer
den inte längre. Konstigt.

Väl hemma sitter jag och leker med den på trappen. Håller den i
snöret som jag förlängt med ytterligare flera meter.

Nu får jag för mig att kolla om jag kan släppa snöret och samtidigt
hinna springa uppför trappan och ut på balkongen och få fatt i
änden på det långa snöret medan ballongen drar sig uppåt.

Det slutar i katastrof.

En av de mest traumatiska händelserna i mitt liv är ett faktum.

Ballongen seglar iväg långt innan jag hinner upp för trappan och jag skriker på morsan att hon ska ta ner den.

Medan ballongen stiger högre och högre upp på himlen, snurrar jag som en propeller runt, runt i gruset framför trappan.

Helt otröstlig tar morsan upp mig, håller om mig länge och så småningom somnar jag i hennes famn.

att flyga

över alvaret

i motvind

som bara drakar gör

föresvävar honom

Gå till koffären

Annars är den nästan dagliga uppgiften att gå till speceriaffären
och handla mat när jag kommer hem från skolan.
Affären kallar farsan för koffären.

Affären ligger bara 100 meter hemifrån, på platsen där en gång
glashyttan stod.

Enda hindret på vägen är att jag ska se mig noga för innan jag
korsar huvudvägen genom samhället.
Det passerar inte särskilt många fordon, men när dom kommer,
går det fort.

Kommer lätt ihåg de 5 saker jag skall handla.

Men redan ute vid grinden får jag lägga till 2 saker till i minnet.
Ok, det kommer jag säkert ihåg.

Väl framme vid dörren till affären ropar morsan ut sitt budskap om
ytterligare 2 saker att köpa.

Jag blir så van vid att hon ropar på mig flera gånger på vägen upp
till affären, så jag brukar vända mig om innan jag tar i
dörrhandtaget för att höra om det är något mer jag ska handla.

Väl inne i butiken välkomnas jag som en herreman av
innehavarinnan.
Hon kallar mig alltid för Herr, redan som liten.
Fantastisk respekt för ett barn tänker jag.

Så ska jag försöka komma ihåg allt jag ska handla.

Då ringer telefonen.

Det gör den alltid så fort jag kommer in i butiken.

Butiksföreståndarinnan brukar då säga, nu ringer frun, det vill säga morsan, som fyller på med allt övrigt som jag ska handla med mig hem.

Hon sätter sig med penna och papper och antecknar med luren i den andra handen. Ja tack frun, säger hon flera gånger, ja tack frun.

Flera av de saker jag ska locka fram ur mitt eget minne finns inte kvar.
Jag får ändå fullt upp att bära hem allt som ringts in.

Så småningom ber jag morsan skriva ner en lista på allt jag ska handla, innan jag ger mig av.
Det underlättar.

I affären står, mer sällan sågverksägaren bakom disken.
Det är bara när frun fått förhinder.

Han har alltid en så lustigt kort cigarrstump i mungipan.
Det brinner sällan i den.
Han som äger hela affären och har hur många långa cigarrer som helst på sitt lager...
Hur kan det komma sig att han bara går omkring med en fimp i munnen?
Det visar sig att han tuggar på den långa cigarren och på det sättet får han i sig det som stimulerar.

Namnet säger allt

Sågverksägaren kallar vi för Svallen.

Han går under den benämningen eftersom det är från hans brädgård vi hämtar det som blir över när stockarna sågats till plank.

För sågverksägaren är dessa svallar utan värde, men för oss är de guld värda.

Av svallarna bygger vi kaninburar och klär in baksidan på uthuset. Där var det inte så noga hur det såg ut. Bara det höll tätt. Det som blir över eldar vi upp i köksspisen, även om det slår gnistor om granbarken.

Svallen är bara ett av alla mer eller mindre smickrande namnen på samhällets medborgare.

Ofta förknippas namnen med vem man är som person, men också namn på vad man jobbar med eller var man bor.

Alla känner alla och det är oftast mycket positivt.
Den sociala kontrollen är stark.
Gör man något hyss får någon förälder snart redan på det.
Ibland redan innan man hunnit komma hem.

Det får oss barn att avstå från mer än ett, allt för vågat tilltag.
Vi spelar ändå hartsfiol på Svallens köksfönster.

Svängen liksom Bagarn, Slaktarn och Musse Pigg är hyggligt lätta att förstå.
Men andra namn kräver sin förklaring.

Just i Svängen, där vägen går i en 90graders kurva, precis innan järnvägsbommarna, för att sedan fortsätta brant upp i backen, inträffar många dråpliga och smått farliga händelser.

Skolan ligger ju en bit upp i backen och man kommer lätt upp i hög fart nedför, när vi är på väg hem från skolan, innan järnvägsöverfarten och sedan vidare genom den tvära Svängen.

Här kommer brorsan och jag farande på kälken, som inte är så lätt att svänga, trots att den har utrustats med en stor traktorratt.

Drar rakt in i pardörrarna till huset som ligger, ja just det, mitt i Svängen.

Padang, låter det när pardörrarna slås upp och kälken med bröderna landar på trasmattan i hallen som kanar ända fram till köket innan det tar stopp vid tröskeln.

Tror du att Svängens morsa blir förvånad?
Åtminstone ser hon sån ut.

Den gången får farsan, inte bara agera målare, utan också snickare och lagar de två hålen i dörren där kälkmedarna lämnat sina spår.

Efterkälke, kallas jag när jag långt efter de äldre pojkarna kommer släpande på brorsans ovanligt tunga kälke.
Men på nerfarten tar jag revansch.
Öknamnet försvinner direkt.

Fast, efterkälke känner jag mig fortfarande som en. För jag trivs
väldigt bra med att, likt farsan, lunka lugnt i egen takt, som en häst
travar, men ändå få ett och annat gjort.

Svängen är också skådeplatsen när jag kommer cyklande efter en
skolkamrat i hög fart nerför backen.
Kan fortfarande höra mig skrika åt honom - Kedjan har hoppat!

Han lyckas klara Svängens husknut, med ett nödrop, men
fortsätter rakt in i trädgården, utan att kunna bromsa.
Tvärstopp blir det först vid gunnebostaketet in till grannen.

Hans otillräckliga reaktionsförmåga har gett honom den
avslappnade stil som situationen kräver, för att han inte skall slå
sig fördärvad.

Han flyger i en lång både in på granntomten och cykeln efter.

Där reser han sig upp, helskinnad.
Ser ut som han är helt ovetande om vad som hänt.

Blåsten, är en annan plats, som inte fått sitt namn efter en blå
sten, utan för att det alltid blåser så in i norden just där, när vinden
ligger på från norr.

Skatepojken, är bra på att röva skatungar.
Slår ihjäl dom och klipper av benen som sedan säljs till
jägmästaren för en krona paret.

Att kasa utanpå grenarna på den högsta granen är inte ofarligt,
men en spännande lek.

Att tillverka en slangbella kan bli till ett inte helt ofarligt vapen.

Ångrar fortfarande att jag siktar på en gråspark och stenen träffar
så den blir skadad.
Jag får avliva den genom att kasta den flera gånger mot
lanthandlarens mur.

Den övergivna brandstationen är ett annat intressant tillhåll.

Brandbilen är borta, men av någon anledning hänger overaller,
hjälmar och de fina brandyxorna kvar.
Vi lånar yxorna när vi drar ut i skogen och bygger våra granriskojor
på andra sidan gölen.

Innan min 12 år äldre syster flyttar till huvudstaden, för sina
musikaliska studier, är det fest för hela familjen i Salen på
lördagskvällarna.
Alltid med något extra gott att äta.

De gamla maskätna möblerna, från tidigare generationer, åkte ut
och vi köpte en ny tvåsitssoffa och en fåtölj och ett nytt soffbord.
Vilken lyx.

Alla spelar varsitt instrument - morsan vid pianot, farsan med fiol, storebror med dragbasun och jag med mitt dragspel.
Glädjen står högt i tak.

Detta är på den tiden då allas ansikten fortfarande är vända mot varandra.

Sedan kommer televisionen in i bilden och allas blickar vänds bort från varandra och in i bildrutan.
Ett paradigmskifte har inträtt i det svenska folkhemmet.

På kvällarna kan man se ett blåvitt sken från några få hus i samhället.
Minns hur jag tar tag om fönsterblecket, hoppar upp för att få en skymt av vad som händer därinne. En flimrande och snöande bild framträder.

Morsan vill inte ha någon tv.
Ska vi titta på tv får vi gå en trappa upp.

Storebror är gullgossen eftersom han håller på att dö när han är liten.
Då lovar morsan och farsan varandra, att om han får leva, ska dom aldrig någonsin lägga ett enda finger på honom, vad han än gör.

Ironiskt nog blir han den ende i barnaskaran som farsan till slut trycker upp mot dörrkarmen när han blev stor, när han tagit ut svängarna lite väl mycket.

Ett med tiden

välbekanta stigen

nu du äger tiden

ingenting som hindrar dig nu

nu och inte sedan

nu finns inte sedan

så blir du till ett

med tiden

Att komma i tid lärde jag mig tidigt.

Tåget hör man på avstånd genom att klockorna klämtar när bommarna fälls.

Sitter vid frukostbordet och vet att tiden är knapp. Ytterdörren står öppen för att höra bättre.

När tåget är på väg gäller det att lägga benen på ryggen och gena över granntomten och över lastkajen, för att i sista sekund hinna kasta sig upp på sista vagnen.

Detta förekommer så ofta att man kan se ett upptrampat spår tvärs över gräsmattan hos grannen.

En som är ovanligt bra att komma i tid till tåget är farfar.
Han åker till stan, men när det händer kommer han finklädd med hatt och käpp och sin bruna portfölj till stationen, en hel timme före avgång.

Han blir vida omtalad och känd för detta.

Det finns inget som känns så respektlöst som att vänta på någon man avtalat tid med.

Därvid lag har jag 2 kompisar som ofta uppträder i den riktningen.
I båda fallen handlar det om att få allt ljus på sig själva.

Den ene har svårt att bestämma sig för vilken slips han ska välja och kommer därför alltid sent.

Den andre ligger fortfarande i badet när vi ska sammanstråla hemma hos honom.
Hans morsa, som avgudar sonen, hänvisar oss ut i köket.

Där rensar vi skålen från konditoripappersinslagna sockerbitar.

Farfar vågar språnget!

Så oerhört stolt jag är över farfar, som vågar språnget!

Han kommer över Östersjön, som ensam glasblåsare till Sverige från Finland, redan som 22åring.

Det ger mig och hela släkten en annorlunda livshistoria att berätta, än de flesta i den jordbrukande omgivningen.

Stolthet över hans kunnande, att hantera det smälta glaset.
En stor konst, som han övar sig på redan som barn i glashyttan i Kikkala, genom att se hur hans egen far gör och sedan själv göra därefter.

Som glasblåsare är hela barnrika familjen involverad i arbetet i och kring hyttan.
Bruksledningen tar det för givet att barnen ska vara en del i produktionen.

Barnen kommer till hyttan med mat och vatten till sina pappor.
Rast är det inte tal om. Arbetet måste gå i ett tills glasdeglarna är tomma.

Glasblåsarkonsten finns djupt rotad i farfar.

Han är den 6e generationen glasblåsare, i rakt nedstigande led.

Anfadern, så långt nu släktforskningen sträcker sig, är född i Tyskland 1681.
Flyttar till Sverige, med fru och 5 barn och var med om att starta upp 2 glasbruk. Ett i huvudstaden och senare ett i Västergötland.

Glasblåsarna kom, som så många andra hantverkare söderifrån i Europa och är vana vid att röra på sig.

När en ny generation glasblåsare lärt sig hantverket, reser mästarna, de som lärt sig hantverket bäst, vidare till nästa glasbruk med sina familjer, för att föra glasblåsarkonsten vidare.

2 av anfaderns söner tar sig sedan vidare, en till Norge och en till Finland.

Nästan 200 år senare föds farfar 1876, i Finland, som då är ryskt.

När farfar kommer till Sverige lämnar han tsarväldet bakom sig och får svära trohetsed till den svenske kungen för att få svenskt medborgarskap.

En ung kunnig glasblåsare är en rik tillgång för både tsarvälde och kungahus.

Kan ana mig till att farfar inte alltid ses med blida ögon av alla i det nya samhället.

Mest handlar det om att han har ett tydligt rättvisepatos.

Han är orädd, vet vad han vill och kan.
Ingen ger sig på honom utan motstånd.

Han vinner respekt bland sina jämlika glasblåsare och blir deras informelle ledare.

Några år efter att han kom till Sverige, träffar han farmor.
Han är 26 och hon 24 när de får sitt första bra och det ska komma fler.

Av farfar har jag själv inte så många egna minnen.
Jag är bara 7 år när han dör.
Men berättelserna om honom berikar fortfarande, i högsta grad,
mitt liv.

Jag kan två generationer senare inte påminna mig att jag någonsin
hört något enda glåpord om att farfar var invandrare.

Han har respekt med sig och har förmåga att uttrycka helig vrede
över orättvisorna i samhället.

Hans egen stolthet över sin egen bakgrund visar sig också tydligt
genom att flera av barnen och barnbarn får finskryska namn.

Farfar är rakt på sak. Jag kallar det sisu.

Hojk loiro, är hans uttryck för det allt för svaga kokkaffet.

Perkele, är ett annat uttryck för missnöje.

Mycket smör på brödet och dessutom har han för vana att skära
en skåra genom brödet med smörkniven och dra kniven, med
smör på, genom skåran så att allt det goda kommer honom till del.

Farfar är händig, utöver att vara glasblåsare, tillverkar han egna
bandsågar och hyvlar och pliggar skor till hela familjen.

Farmor kardar ull och spinner garn, stickar och syr kläder.
Man gör så mycket som möjligt själv och köper så lite som möjligt.

Bara en gång tar farfar mig och storebror i upptuktelse.

Vi är ute och skottar snö vid uthuset.
Vi har med oss en fotogenlampa, ställd med allt för hög låga.
Farfar blir rädd att det ska ta eld i uthusknuten.
Då blir vi uppkallade till honom och får oss en rättmätig avhyvling.

Helig vrede

Farfar är röd socialist och har övriga glasblåsares öra.
(längst till höger på bilden)

Han är förespråkare för glasblåsarna mot överheten, för bättre arbetsvillkor och för glasbrukets fortsatta överlevnad när depressionen i världsekonomin närmar sig.

Farfars heliga vrede mot orättvisor tar sig sådana proportioner att han, tillsammans med de andra glasblåsarna, lyckas skaka om de maktfullkomligas oheliga allians.

En händelse utöver det vanliga är när överheten plötsligt kommer farande, med avsikt att kväsa de upproriska glasblåsarna.

Det oänmälda besöket syftar till att framkalla så stor chock som möjligt.

Ur bilen, som är ett ovanligt fortskaffningsmedel, kliver länsman, tillsamman med en bonde från sockenstämman och socknens präst.

Tydligare än så kan det knappast avslöjas, i vilken symbios överheten är med varandra.

Farfar anklagas för att uppvigla glasblåsarna mot överheten.

Då ställer sig farfar framför de objudna gästerna, med övriga glasblåsare i ryggen, häver sig på tå och blir på så sätt huvudet högre än dom alla, höjer sin knutna näve och säger med hög och tydlig röst på bruten finska;

- En dag skall min och allas våra röster vara lika värdefulla som din och din och din!

De objudna gästerna väljer då att traska därifrån, bort till den väntande bilen.

De har misslyckats med att övertyga farfar om de övriga glasblåsarna om att de skall omvända sig och välja medlöperiets breda väg.

Långt senare kan man läsa i lokaltidningen, om hur överheten fortfarande, långt efter att allmän rösträtt införts, å det grövsta åsidosätter demokratin;

> "Hur kan t.ex. högerns 40-tal röster räcka till 3 mandat, när arbetarpartiets 240-tal icke räckt till något?
>
> När arbetarpartiets representanter begärt att få bliva representerade, då har Ni, herr kommunfullmäktigeordförande sagt ifrån, att blir vi icke omvalda alla, har vi beslutat avgå allihop. Är det detta som menas med samförstånd?
>
> Att denna kommunalnämnd är ganska allenarådande är uppenbart för var och en, som följt de olika frågornas gång..."

Det drar ihop sig till att glasbrukstrusten i landet ser framför sig den ekonomiska depressionen som ska komma och beslöt sig därför att avveckla ett antal småglasbruk i landet.

Bland annat ska vårt välmående glasbruk avvecklas, trots att det producerar glas som är bland det bästa, kvalitetsmässigt, i landet och som dessutom är ekonomiskt lönsamt.

Patron är död och den formella äganderätten har förts över till hans 2 döttrar.

De är inte intresserade av att driva glasbruket vidare och vill heller inte medverka till att glasblåsarna själva ska få möjlighet att ta över produktionsmedlen och driften i egen regi.

De nya ägarna villkorar att hyttan skall rivas, trots att den är i mycket gott skick och bara har drygt 10 år på nacken sedan den uppfördes på den nya platsen.

Att hela samhället ska lamslås bekymrade dom inte, de som redan på den tiden tjänat miljoner på glasblåsarna arbete.

Det är pengarna, inte människors liv, som avgör deras val.

Farfar blir, liksom alla andra, arbetsbefriad vid nedläggningen.

Då sitter han ofta i trädgården och ser hur potatisen blommar.

Han intar gungstolen, gungade rytmiskt med ansiktet vänt mot köket och med utsikt mot uthuset. Snurrar sin mustasch och inväntar kaffestunden i köket.

Han, den siste glasblåsaren i glasblåsarsläkten har gjort sitt.

Men arvet efter farfar lever vidare!

Det är en mycket kall januaridag när farfar ska begravas.
Alla svartklädda och sorgsna.
Mitt i allt det svarta har alla kritvita näsdukar att torka sina tårfyllda ansikten med.

Vi står vid graven och huttrar och ser hur farfar jordas.
Långt bortom rymder vida, sjungs på initiativ av farsans storebror, sjömannen, som blivit pingstvän.

silverspegeln under solen

allt hastar stilla

innerst ytterst

här är bara nu

flygarglädjen övas

kontinenter fjärran färdas

silvret drar mot norr

horisonten sluter

väderstrecken

grinden

står fortfarande öppen

Farsans storebror

Farsans storebror, fast han är liten till växten, är chaufför åt patron.

När patron ska hälsa på en annan potentat, tar han tåget.
Tåget är redan då ett fantastiskt färdmedel.

Bilen, med trähjul, får chauffören ta ensam till slutstationen för
resan, 7 mil bort på skakiga och krokiga vägar.

Vid slutstationen möts han upp av chauffören med bilen, för att
slippa gå den sista biten till målet för utfärden.

När patron dör blir chauffören arbetslös.

Då drar han till sjöss.

Som äldsta barn i familjen känner han att, här kommer det bli svårt
att livnära sig och tar på sätt och vis sitt ansvar.
Det blir ju en mun mindre att mätta.

Han har aldrig varit vid havet, men gör nu flera
medelhavsseglingar med Fylgia och Af Chapman och är maskinist
på ytterligare ett 10tal andra fartyg innan han bosätter sig för gott i
hamnstaden, långt hemifrån.

Allt eller inget

Halva kroppen förlamas på farsans lillebror efter en misslyckad hjärnoperation.

Innan dess har han varit pressare på den stora klädesfabriken i stan.

Operatören uttrycker det som, om han får leva, så får omgivningen räkna med att den sympatiska nerven är rubbad.

Men farsan tar ansvar för situationen genom att engagera brodern i all sköns sysselsättningar.

Utan farsan hade han, som så många andra, hamnat på det beryktade mentalsjukhuset i residensstaden.

För brodern är det allt eller inget som gäller.

Den första tiden efter operationen är det mest stillasittande aktiviteter som gäller, för att kroppen om möjligt ska återhämta sig.

Det stickas mössor och halsdukar på stickmaskin som legoarbete åt en klädaffär i stan.
Det sys tavlor på stramaljväv på löpande band, allt i sällskap av farmor.

Senare, efter att kroppen återhämtar sig allt mer, kan det handla om att ge sig ut i skogen och gallra skog åt bonden på släktgården.

Där lånas häst och vagn, som gärna skenar hem till
ladugårdsbacken, i stället för hem till vårt hus i samhället.
Det är ett äventyr i sig.

Väl hemma sågas veden i lagom längder, klyvs och byggs upp till
höga runda pyramider. Vedboden är för längesedan fullbelagd.

När det intresset lagt sig är det uppfödning av kalkoner som är på tapeten.

Till slut blir de så många att de får vallas i den intilliggande Myskaparken.
Skogen kallas så eftersom det bor en mystisk man där i sin ensamhet, långt efter att den en gång varit en vidlyftig promenadpark runt glasbrukspatronens pampiga villa.

Farsan bygger, inte bara en fostermor, så kallas äggkläckningsmaskinen, han bygger flera.

Det fina med kalkoner, utöver det fina köttet, är att de är flockdjur. Kacklar en så kacklar alla. Så kan man höra på långt håll var dom håller till.

Springer en åt ett visst håll så springer alla åt samma håll, som flertalet av dagens politiker, som viljelösa flyn utan ledning.

Till slut bönar och ber morsan, att i vart fall freda framsidan av huset, så man slipper trampa i kalkonskit var man än stiger.

Det hela slutar med masslakt.

Kan man inte ha hur många kalkoner som helst, så ska man inte ha några alls.

Detta sociala arv smittar framför allt av sig på min store bror som
älskar sina kaniner, så till den grad att dom till slut blir 144 st.

Antalet kommer jag väl ihåg genom att 144 är lika med 12 gånger
12, det vill säga ett gross.

Farsan står som naturlig ledare för bygget av kaninburarna.

Svallar, är ordet för det som är över när stockarna sågas till plank.
Sågen ligger nära, har sin plats där glashyttan en gång stått.

Ja, jag bidrar också en del till utvecklingen av kaninfarmen.
Släpper in Malle, den store kaninhanen till en av honorna.

Hur kommer det sig att det fötts en hel kull ungar mitt i smällkalla
vintern, frågar man sig?

Vem är den skyldige?

Så kommer det så småningom fram att den ett år äldre
översittaren hälsat på.
Han kommer bara till mig de gånger han själv inte får vara med de
ännu äldre pojkarna.
Äventyret med Malle iscensätts, glöms snart bort, men jag blir
bryskt påmind om det hela vid födslarna mitt i vintern.

För egen del får jag så åse två slakter av format, från min
utsiktspunkt på källartaket.
Dels den med kalkonerna, sedan också den kaninerna.

Nu är eran, allt eller inget, slut.

Farsans systrar

Farsans lillasyster syr kostymer på löpande band, också hon på klädesfabriken.

Där finns redan storasyster som flyttat hemifrån, gift sig och bosatt sig i stan. Får en son.

På den tiden börjar långvården växa fram. Den tidens efterföljare till fattigstugan.

Tanken är att när man inte kan ta hand om sig själv, ska man ändå få en god omvårdnad.

Den stora långvårdsbyggnaden, med långa korridorer, byggs i direkt anslutning till sjukhuset, nära till hjälp vid livets slutskede.

Långvården är opersonlig, men rationell.

Tanken är att ingen skall behöva stanna hemma från produktionen och ta hand om de gamla. Hjulen skall snurra.

Men lillasyster väljer ändå att stanna hemma. Först på deltid, medan farfar lever, sedan på heltid för att ta hand om mor och bror.
Genom henne får mor och bror leva ett gott liv, kvar i huset, till livets slut.

Vår familj betyder mycket för tryggheten och trivseln för alla i huset.

Ibland kan situationen ändå bli påfrestande, att bo så tätt inpå varandra.

Någon gång funderar morsan och farsan på att flytta med familjen till stan.

Den tanken blir inte långvarig.

Hit har morsan och farsan flyttat in som nygifta i unga år.
Här har vi barn växt upp i det lilla trygga samhället med, så småningom, egen nybyggd skola och med närhet till all tänkbar service.

På det hela taget är fördelarna större att stanna kvar, än att slippa dåligt samvete för omsorgen om de gamla föräldrarna, resonerar dom.

Vårt samhälle

I samhällets centrum finns tågstationen, med egen stins som säljer biljetter och som för hand vevar ner och upp bommarna för varje tåg som passerade vägen upp mot höjderna.

Det är på den tiden alla tåg stannar för av och påstigning, vid hela 8 hållplatser mellan vår närmsta stad och residensstaden. Miljövänligt och bra.

I stationsbyggnaden finns utöver väntsal, utrymme för ankommande och avgående gods.

På lastkajskanten sitter gänget och dinglar med benen och kommenterar allt som passerar.

En cyklist får tillmälet Guddegunngunngunn, guddegunngunngunn, där han trampar förbi på sin farfars gamla Rex.
Han får också tillmälet - Rex är gjord av papper och kex.

Här dras också de första blossen på egenhändigt tillverkade pipor, av urgröpta kastanjer och ihåliga halmstrån som skaft.
Tobaken består av upphittade fimpar på stationsplan och yra i mössan blir vi.

Lanthandeln går under namnet Tackar tackar, som var handlarens ideliga uttryck för varje vara han expedierar, allt från två lösa Boy till en strut karamellen eller en sele till en häst.
Alltid detta, Tackar tackar, tackar tackar.

Tacka tusan för att han är tacksam.

I lanthandelsbyggnaden finns också samhällets egna poststation, med expedition där man kan hämta postpaket och göra in- och uttag från bankboken.

Här finns också en hel vägg med fyrkantiga små postfack, med egna nycklar till alla hushåll.

Lanthandlarens två söner sköter om postkontoret och startar också taxirörelse, med en Chevrolet och en Opel Kapitän.
Bekvämt skall det va för de som har råd med sådan transport.

Vi vanliga dödliga går, cyklar eller tar tåget.
Att gå kallas att ta apostlahästarna till hjälp.

Opel Kapitänen tas så småningom över av min storebror som köper taxirörelsen.

Att ta körkort

Farsan har körkort som han får när han gör lumpen, med har ingen egen bil.

Minns hur vi lånar en trimmad Wolkswagen 1500, av en självmekande entusiastisk motorburen ungdom.
Man kan höra på långt håll hur motorn morrar betydligt grymmare än från en vanlig folkvagn.

Har provåkt ett par gånger med storebror som ledsagare i en av hans bilar.
Lånar en teoribok av en kamrat på Ungdomshemmet.

Kör upp och klarar provet. 115 kronor kostar kalaset.

På väg till uppkörningen får jag sitta vid ratten med farsan bredvid.
Han har ju körkort så allt var ok.

Värre är det på hemresan efter uppkörningen.

Farsan är tvungen att köra.

Han har inte suttit vid en bilratt på årtionden, men regeln är sådan att man inte får övningsköra sedan man fått uppkörningsprovet godkänt och till dess man fått körkortet i sin hand, flera veckor senare.

Efter bara några hundra meter när bilen accelererat allt för snabbt trycker farsan bromsen i botten. Tvärnitar.

Då föreslår han att jag skall sköta bromspedalen, i fall att det går
för snabbt och sköta växelspaken medan han ska koncentrera sig
på ratt, gaspedal och koppling.

Kordinationen är det svåra med att lära sig köra bil, det vet vi alla
som tagit sig igenom det nålsögat.

Med det samspelet kommer vi hem snabbt efter en vinglig färd.

Omtumlade och mycket lättade.

Först när lillbrorsan, som är den ende som finns kvar hemma,
skaffar sig sin folka, bygger farsan om två vedbodar till ett
bilgarage.

bortom glömskans förskönande

dräkt

är allting så självklart

och ingenting

verkar svårt

Olika skolor

När jag växer upp finns 3 skolor från årskurs 1 - 6 utspridda på 3
olika byskolor, i väntan på den nya skolan.

Det är tufft att som nioåring ta sig pulsande i snön i hårda blåsten
uppför den oplogade branta backen och ner på andra sidan kullen
till byskolan 2 kilometer bort.

I den byn bor inga barn längre. Alla som går där, ett 30tal elever i
årskurs 3 och 4, får ta sig dit bäst man kan.
Inga föräldrar skjutsar.

En gång hänger vi oss fast i kofångaren på vår lärarens bil, åker
kana i snön tills vi ramlar.

Inte förrän 1957 blir det av att jag får gå i 5an och 6an i den nya skolan, bara några hundra meter hemifrån.

Sedan ska det bli att ta rälsbussen till realskolan i stan.

Kallt är det alltid på höglandet varje vinter och massor av snö.
Aldrig är det snöfritt en hel vinter som nu.

Ändå finns det fortfarande så många klimatförnekare som bara kör vidare utan tanke på framtiden för våra barn och barnbarn.

Men det kommer en dag när nya röster, unga människor, tar makten.
Då är vi vuxna och gamlingar där och hejar på den förändring som skall komma.
Heja Greta, heja heja!

Vinter

Jag älskar snön, gör snölyktor och snögubbar, gör iglos, åker
skidor och kälke.
Åker skridskor på gölen och hoppar på isflak när våren kommer.

När morsan och jag gör en snölykta, som vi tänder fram mot
kvällen, har den rasat ihop till morgonen därpå.
Då säger morsan: Moses har fiset och sen har han gått. Haha!

Hoppar på isflak med storebror och hans kompisar. Ett livsfarligt
äventyr.

Det bär sig inte bättre än att jag plurrar.
I sista sekund får brorsan tag i ena benet på mig och de lyckades
dra upp mig ur vaken.
Sätter mig på en spark och kör mig hem.

Brorsan får en riktig uppsträckning, både för att själv ge sig ut på
isflaklen men också för att ha dragit med mig.

Det hade kunnat sluta mycket illa.

En morgon är det tveksamt om det är tillrådligt att skicka iväg
telningen till skolan i snön och blåsten och kylan.
Då får jag en hel dagstidning instoppad innanför jackan.

sakta stiger träden marken

solen upp ur horisonten

allt är täckt av snö

redan videt sträcker vita knoppar

blå klar himmel

allt är

Åter till rötterna

Jag och Kärleken har återvänt till samhället efter, för min del, 35 års bortavaro.

När jag växer upp finns här, 2 livsmedelsaffärer, utöver lanthandeln, 2 kaféer, slaktare, mjölkaffär, skomakare, telefonstation, postkontor, taxistation, brandstation, distriktsbarnmorska och alla tåg stannar.
Dessutom har de flesta gångavstånd till sina arbeten, inom den framväxande möbelindustrin.

Vilket fantastiskt litet välmående samhälle detta var!

Få finns kvar att berätta samhällets historia.

Går till skolan med några svarvita bilder på hur det såg ut i samhället när jag var liten.

Det blir till spännande historielektioner med massor av frågor.

Hembygdsföreningen berättar mest om jordbruket och dess redskap.
Jag vill berätta om levnadsvillkoren och glasbrukssamhällets historia, för att barnen och alla vuxna i samhället ska känna stolthet över att bo och leva här med en så rik historia.

Samhället hade och har fortfarande 300 medborgare och skolan finns fortfarande kvar, trots många attacker från politiskt håll att lägga ner.

Det får mig också att anordna en heldag för att återuppliva allt det fantastiska som det har varit att växa upp här.

400 kom på dagen då rundvandringen genomförs.
Barnen, föräldrar och samhällsföreningen styrelse lät sig engageras. Bara med något enda undantag.

Dagen är väl dokumenterad, med berättelser och många fotografier!

Samhällets egen Syster

Ända fram till att jag föds får alla barn födas hemma med hjälp av vår egen barnmorska.

Hon är också distriktssköterska, vi kallar henne Syster, och hon kom på hembesök då och då, för att se till att alla barn har det bra.

Då står jag jämte morsan vid bakbordet och knådar deg med en mjölpåse på huvudet. Behändigt tycker syster.
Syster är vänligheten själv.
Morsan bjuder på kaffe och alla tar sig tid.

Står vid spisen bredvid morsan gör jag jämt, älskar det.
Inte konstigt att jag fortfarande tycker det är roligt att stå bredvid Älsklingen och laga mat.

Det är dags för poliovaccination och jag ska tillsammans med storebror gå till Syster och få det hela avklarat.

På väg dit sviker modet brorsan och han föreslår att vi ska sätta oss på lastkajen en stund och sedan gå hem.

Försöket att slippa sprutan misslyckas.
Väl hemma har Syster ringt och undrar var vi håller hus.
Det blir att, en gång till, ta oss till Syster, utan omvägar den här gången.

Under den ekonomiska depressionen på 30talet, då glasbruket
lagts ner, går farsan på så kallat nödhjälpsarbete.

Det innebär att han slår sönder större stenar till små, för hand,
med slägga.
Det hela används till vägbyggen. Ett fysiskt krävande jobb.

Målaren

Så småningom blir han målare och jobbar som det ända fram till
pensionen.

Han får så kallad målarmage.
Han förklarar sin stora mage med att magmusklerna blir så
uttänjda när han målar tak dagarna i ända.

Att han är matglad är en helt annan historia.

Han har alltid jobb och trivs med sitt yrke. Även om det till slut
förkortar hans liv.

Det finns en yrkesstolthet hos honom som bottnar i glädjen i
arbetet, att genomföra det med så hög kvalitét som möjligt.

När vi närmar oss stan pekar han på det ena huset efter det andra
och säger, det här har jag målat.
Färgen sitter kvar efter många år, hur är det möjligt?

Du förstår, säger han, det är underarbetet som gör det.

Han har helhetsperspektivet klart för sig!

Den yrkesstoltheten smittar av sig på mig så till den grad att han
bara hade behövt knäppa med fingrarna så hade jag också blivit
målare.

Men så blir det inte.

Ekonomiskt försörjer han hela familjen från dag 1 tills vi barn flyger ut.

Hela veckolönen lämnar han till morsan.

Men utan morsans, oftast oavlönade arbete, hade vi ändå stått oss slätt.
Utöver all matlagning, sy och laga kläder, städa och tvätta, tar hon en period emot matgäster till vårt hem.

Uthuset

Uthuset är också tillflyktsort undan Sotaren, som står där uppe på skorstenen.
Han förväntas klå upp den kaxige brodern, men är nu utom räckhåll för tillropen.

Sotarmurre, sotarmurre hojtar han innan han springer in i vedbon och upp för stegen till loftet för att gömma sig tills han är säker på att sotaren gett sig av.

En dag har småglina, den lille brodern och hans kompis, lyckats få över haspen till den stängda vedbodörren så jag blir sittande inlåst, länge, efterson dom helt enkelt glömmer bort tilltaget för andra roliga lekar, tillräckligt långt bort för att inte höra mina ursinniga rop och bankningar.

Fiskelycka

Minnena av farsan gör sig påminda allt oftare. Bilderna av honom blir tydligare för varje år som går.

Men han går runt knuten alldeles för tidigt. Får leukemi av lösningsmedlen i färgen.

Mitt starkaste minne av farsan är vår gemensamma längtan till sjön, då vi får vara tillsammans hela långa dagen.

Äventyret börjar efter det häftiga åskregnet, med daggmaskplockning i ficklampskenet sent på kvällen innan.

Att ha tillgång till långa feta daggmaskar ger förutsättningar för abborrfiske utöver det vanliga. Med daggmask på kroken nappar bara de riktigt stora abborrarna.

Nu kryllar burken av läckerheter efter att vi lyckats få grepp om dom mellan tummen och pekfingret. Sedan sakta och försiktigt drar vi upp dom, en efter en ur sina hålor.
Lättast ser man dom på den bara jorden i potatislandet.

Nu återstår bara ett rejält knippe sarv att lägga över ormgropen. Sedan några spikhål i skruvlocket så att dom kan andas.

Med en ilande skön känsla av förväntan i kroppen kryper vi ner i sänghalmen och väntar på morgonen.

Det känns som jag precis somnat när han väcker mig med en försiktig ruskning.

Nu är högtidsdagen inne, långt innan de andra i huset har vaknat.

Klockan är bara två på natten, men klarvakenheten infinner sig ändå.
Så på med paltorna och ut i köket.

Där står du och brer mackor, med extra tjockt med smör och dubbelt pålägg.
Och så en termos kaffe till dig och en flaska jordbuggssaft till mig.
Och så en påse bitsocker så klart.

Ryggsäcken packas. Fiskeredskapen finns redan på plats i det låsta utrymmet under sittbrädan i ekans akter.

I uthuset står motorcykeln, en Huskvarna 125a, Rödmyran kallad, och väntar på att ta oss till sjön.

I uthuset står också damcykeln, den med de vassaste kanter en barnrumpa någonsin upplevt.

Olyckligtvis finns just den cykeln närmast till hands när jag som femåring tänker smyga mig ner till gölen, med full fiskeutrustning.

Morsan förstår vad som håller på att hända, står på vakt vid ytterdörren när jag försöker smyga mig förbi gluggen i häcken.

Tillbakaropad.

Men efter ett antal försök tar jag sats och springer för glatta livet ner mot gölen, i vetskap om att en förföljare snart skall uppenbara sig.

Ner i gungflyet nära vattnet får hon, som väl är, tag i mig och trycker ner mig på den vassa pakethållaren.

Det äventyret upprepas aldrig.

Med hänsyn till grannarna rullar vi så, utan att starta motorn, sakta medför Bruksgatan, ner mot Brandstationen för att få tillräcklig fart att på tvåans växel starta motorcykeln.

Det är helt otroligt hur stark motorn är.
Utan minsta svårighet drar den oss upp för de verkligt branta backarna.
Uppe på krönet stängs motorn av för att ljudlöst rulla nedför backen förbi bondgården.

Ingen skall oroas i onödan.

Att sitta på tanken med farsans trygga bröst som ryggstöd, få sköta växelspaken på tanken och sköta gashandtaget... vilken känsla.

Nu är vi strax nere vid grinden till skogsvägen. Det är knappt en kilometer kvar ner till sjön.

På ettans växel knattrar vi sakta fram på den allt mer avsmalnande och steniga skogsvägen.
Den sista biten håller du ut benen för att hålla balansen fram till vår speciella uppställningsplats mitt på stigen.

Härifrån kan man se hur det glittrar mellan träden.

Nu gäller det att inte föra mer oväsen än nödvändigt.

Gammelgäddan skall närmas med aktning.

Har vi tur kan vi också få se något rådjur eller älg som är nere vid
sjön för att dricka.

En tjädertupp flyger yrvaket upp, bara några meter framför oss.
Vem som blir räddast, fågeln eller jag? Det vet ingen.

Så är vi äntligen framme vid vårt eget land.
Vi kallar det så fastän vi inte äger det.

Det är på nåder, så känns det, som vi har vår båtplats här, även
om bonden vinkar tillbaka när vi passerar honom, där han står på
ladugårdsbacken på sena eftermiddagen.

52 abborrar metar och pimplar vi upp som mest, en lördag när
vinden har kommit från rätt håll.

Väl hemma blir vi hänvisade till baksidan av uthuset för att rensa,
alla, innan vi är välkomna in i värmen.

Ekan

Ekan tillverkar du själv av noga utvalt virke från sågen vid kvarnen.

Du står där ute på vedbacken och gör ditt omsorgsfulla hantverk, med plank så tunna att de kan böjas och med enträ i absolut rätt krökning till de lutande borden.

Hur länge letar vi inte i skogen runt släktgården efter det rätta virket?
Allt ska nu sammanfogas med kopparspik för att hålla i all oändlighet.

Måleriet har säkert lagt grunden till att både vara noggrann och grundlig, men också till att vara konstnär och våga improvisera.

Vi har fortfarande flera provtavlor med ådringsmönster kvar, som du visar upp som exempel på hur en marmorvägg eller en björkfanerad dörr kan se ut i ommålat skick.

Att bygga en eka, med ambitionen att både få den lättrodd, tät och vacker är naturligtvis en stor utmaning.

Stå på vedbacken, bara några meter från köket, har också sin betydelse.
Mat och kaffe varannan timme är en viktig ingrediens i bygget av ekan.

Att någon finns bredvid och sköter marktjänsten, ger ifrån sig berömmande blickar och tillrop, gör sitt till.

Att ta kaffe- och matpaus vid brunnen under körsbärsträdet,
beskåda underverket lite på håll, vila, fundera och så ta nya tag
ger en stark känsla av lycka.

Nu står hon där, nyfernissad och skinande, med den röda och vita
dekoren längs sidorna och på årorna.

Hon har låga bord för att inte blir för tung och hon är ganska lång,
allt för att kunna glida rakt och långt på varje årtag.
Hon är rena Karl Larssondrömmen med sin familj på sjön.
Är det därifrån du fått idén om ekans utseende?

Naturligtvis är det så.
Reproduktionen med det motivet hänger ovanför morsans och
farsans sängar och finns fortfarande kvar, men nu till glädje för
hönsen i vårt hönshus.

Med hjälp av traktor och vagn ska hon forslas till sjön.
Försiktig transport och avlastning.
Platsen är given.

Så sakta, sakta i med fören först.

Du sätter dig vid årorna, försiktigt och andaktsfullt.

Så ett enda kraftfullt årtag med fören ut mot det öppna vattnet.

Armarna i skyn!

Glädjetjut!

Det är ett av våra lyckligaste ögonblick i livet!

Farmor

huset lever

allt går igen

väl kända nära

steg i trappan

ler var gång

Till farmor, på andra våningen, tar jag ofta min tillflykt.
Hon är i mina ögon en ängel.

Hon finns alltid där när jag inte vet riktigt vad jag ska hitta på.
Hon lär mig både sticka, virka och sy.
Jag hjälper henne göra nystan av garnhärvorna från garnvindan.

Farmor berättar hur hon träffar farfar, den unge glasblåsaren som
kom från Finland.

Hon berättar hur familjen med 5 små barn, 12, 9, 7, 4 och 2 år
gamla, flyttar från det gamla glasbruket, med oxkärra och vagn, till
den nya platsen för glasbruket, direkt intill järnvägen.

Flytten av glasbruket

Flytten av glasbruket har föregåtts av segdragna förhandlingar
med bönderna som vill förhindra flytten.

Ägarna till glasbruket vill i första skedet köpa mark för att dra ett
smalspårigt stickspår till den gamla hyttan.

Men bönderna vill inte sälja marken, de av hävd lagt under sig.

Då kan de ju bli blåsta på inkomsterna för transporterna av det
blåsta glaset och veden till hyttan.
Transporterna sker med oxkärror, hästar och vagnar till
järnvägsstationen.
Det händer till och med att en ko får vara dragdjur framför vagnen
med glas.

Glasbruksägarna tycker att transporterna blir för dyra.
Det hela leder till att man flyttar hela glasbruket.

Att det hela tar denna vändning överraskar bönderna, som på så sätt blir av med både inkomsterna för transporterna och inkomsterna för marken som var tänkt att användas till stickspåret.

En hel rad arbetarbostäder byggs upp för glasblåsarfamiljerna längs den nya Bruksgatan.

Vårt hus är den enda arbetarbostaden som plockas ner, stock för stock, från den tidigare platsen och byggs upp på nytt på björkängen nedanför hyttan.

Patrons stora villa plockas också ner och byggs upp på nytt i parken, på behörigt avstånd från hyttan och arbetarbostäderna.

Det nya glasbruket lägger grunden, tillsammans med möbelfabriken, för hela det framväxande samhället.

Glashyttan får dock en kort historia i det nya samhället.
Bara 14 år senare läggs glasbruket ner.

Hela glasbruket säljs till ett annat glasbruk på västkusten och köpet villkoras med att glashyttan skall rivas.

Det gäller att säkerställa att inte de nu arbetslösa glasblåsarna tar produktionsmedlen i besittning och driver glasbruket vidare i egen regi.

Arbetarbostäderna säljs efter nedläggningen till några av de äldsta glasblåsarna, varav farfar är en.

Så går livet trots allt vidare.
Tack vare kärleken till varandra och ett förnöjsamt sinne klarar
familjen av omställningen.
Ansenliga mängder potatis, konserver och saft förvaras i den stora
dubbelkällaren.

När arbetarbostäderna byggs upp, byggs också stora jordkällare
upp mellan vartannat hus.
Man är ändå så kloka, från glasbruksledningens sida, att man ger
glasblåsarna förutsättningar att lagra sina rotfrukter och en hel del
annan mat.
Det gäller ju att hålla dom vid liv.

Från att vårt hus varit bostad åt 4 glasblåsare och deras barnrika
familjer, som mest hela 24 personer i vårt hus, blir det efterhand
två lägenheter av det hela. En för vår familj på bottenvåningen och
en för farmor och farfar och farsans två syskon på ovanvåningen.

Utedasset, med ett mindre och ett större hål, var placerat på
uthusets gavel.

Det blev vi av med först 1964 då hela huset görs om, med
centralvärme, badrum och vattentoaletter och nya fönster.

Genom att huset är väl timrat och kärnvirke har använts till panel
utomhus och att farsan målade om huset flera gången under sin
livstid, är panelen fortfarande kärnfrisk mer än 100 år senare.

ser du barnen pulsa

på sin väg till hyttan

ser du kvinnorna dansa

kastrullvalsen i köken

dofterna sprakandet

värmen

allt här nära

Morsan

Är med morsan till en blåbärsrik backe.

Hon har en naturlig fallenhet för pedagogik och hade blivit en bra
lärare.

Hon ger mig ett decilitermått att plocka bär i och inte en hel hink
som hon själv har.

Decilitermåttet är snart fullt och så får jag berömmande
kommentarer för varje deciliter jag plockar.

Fram mot 50-talet blir det lättare att till och med få en fläskbit till
middag.

Morsan är fenomenal på matlagning.

Så småningom blir en halv gris på matbordet före jul en tradition.
Det har hon med sig hemifrån, bonddotter som hon är.

Allt på grisen tas tillvara.
Det som inte går till hela köttstycken med revben och fläsk, mals
till färs och till korv med hjälp av grisens tarmar.

Grishuvudet kokas och omvandlas till syltor och aladåber.
Kalla kokta grisfötter i gelé är en delikatess.

Lutfisk, torkad gråsej och spillånga sågas i lagom långa bitar,
läggs i lut i två stora tvättbaljor i farstun, sväller och blir ätbart, i
flera veckor framöver.

De flesta gillar anrättningen och farsan och storbrorsan håller på
att föräta sig på det.
Dock inte jag...

Att göra filbunke av surnad mjölk är heller inte i min smak.

Ysta ostar till missionsauktionen blir morsans passion.
Alltid ytterligare en så mjölk för varje år.
Allt skall gå till missionen och till det uppdraget finner hon inga
gränser.

Köksgolvet blir till en mindre sjö av vassla efter en hel dags
ystande.

Ett 20tal ostar fyller köksbänken. Ska vändas och synas varje dag.
Ostarna smörjs omsorgsfullt med smör och lindas in i varsin
kökshandduk.

Vid missionsauktionen är morsan stolt.
Ostarna säljs till mycket höga priser.
Många vill så gärna ropa in en ost, kosta vad det kosta vill.
Allt går ju till missionen i Afrika.

Här råder ingen snikenhet, bara givandets oändliga glädje!

Ett annat sjöslag i köket blir till när ättiksgurkorna läggs in.
Farsan sitter i timmar och skär gurkor för hand.

Det sockrade ättikspadet kokas 3 gånger om.
Det blir labbigt och spills så det kippar om skorna när man går över
golvet, flera dagar efteråt.

Morsan tillagar alltid rikligt med god mat, middagen står på bordet
varje dag när farsan kommer hem efter en lång dags hårt arbete.

Det ska vara så rikligt att det ska bli en del över, även efter allt
trugande. Alla ska bli proppmätta.
Då först är morsan nöjd.

Bara en gång står farsan vid spisen.

Det är när morsan går på symöte och han bara behöver vrida på spisknappen för att värma den till brädden fyllda grytan med grönsakssoppa.

Sången och musiken

Sången och musiken har stor plats i mitt liv.

Farfar spelar esskornett i Bruksorkestern. (2a från vänster).

Farsan spelar mest på gehör.
Han får det att låta om allt som går att spela på.

Två matskedar blir till ett rytminstrument när han lägger dom mot varandra och slår dom mot knät.
En kam och smörpapper får han också ljud i för att inte tala om munspelet.

Tramporgeln får han att brusa som en kyrkorgel, men fiolen är ändå hans ögonsten.

Han sjunger också tenor i Manskören.

Att han finner stor glädje i allt detta, går inte att ta minste på.

Inte så konstigt att han ger mig ett dragspel när jag är 5.

Dragspelet kan jag stå och improvisera på.
Det hela pågår i timmar under takkronan i Salen.

Det är så roligt!

Här är också platsen där min stora syster skall lära den lille
brodern spela piano, efter noter. Det sket sig redan efter andra
lektionen.

Spela på gehör, är vad jag har lust med.

Sedan är det också roligt att sjunga.

Morsan sjunger visserligen hellre än bra men texten är för henne
det viktigaste.

O vad jorden nu är skön, sjunger jag på sommarhemmets trappa
en sommardag till pianokomp av min stolta moder.
Hellre den sången än den om att jag skulle vara ovärdig all denna
guds godhet.
Den hukande religiositeten är det befriande att ha lämnat bakom
mig.

Hur inlärning går till

Det jag inte känner så väl till som femåring, men som jag på något förunderligt sätt ändå begrep, är att nyfikenheten på vad som händer när jag trycker ihop bälgen och ner med den första tangenten, som blir till en ton, blir till Gubben Noak och så småningom, efter många timmars övning, till Kväsarvalsen med ännu mer övning att kordinera både klaviatur och basknappar och samtidigt få tillräckligt drag i bälgen...

Det blir till musik!

Lusten att spela har infunnit sig.

Mina studier till folkhögskollärare är egentligen värt ett helt kapitel i sig. En unik universitetsutbildning.

Jag får klart för mig att jag kan inte lära någon annan någonting!

Nyfikenheten måste finnas där hos eleven och hos den, i praktiken, utövande läraren för att hen ska kunna inspirera eleven, som lär sig själv!

Man kan komma in på linjen på två sätt.
Antigen genom minst 5 års heltidsanställning i folkrörelse eller studieförbund eller minst en filosofie kandidatexamen.

Jag kom in på kvoten arbetslivserfarenhet.
Klasserna, med ett 15tal elever i varje, blandas med lika många praktiker och teoretiker.
Det är spänst i dialogen i klassrummet hela tiden.

Vi som har lång arbetslivserfarenhet blir mindre och mindre blyga
för varje lektion som går.

Tänk om alla som vill utöva någon slags ledarskap hade detta
samband klart för sig.

Att praktik går före teori. Lika sant som att livet går före pengarna!

Tänk, så mycket som skulle kunna vara annorlunda då!

Ett långsiktigt förebyggande arbete, tidigt, att utgå från barnen och
ungdomarnas nyfikenhet, har så länge fått stå tillbaka, i jakten på
egna betyg.
Det begrep aldrig Majoren!

Att lära sig samspela med andra och kanske till och med hjälpa
andra, i små klasser, i stället för att lära sig klättra på varandras
ryggar...

Den männiosynen och den kunskapssynen skall genomsyra
framtidens skola!

allting sammanhang

allting beroende

av allt

Bankmannen

Efter realskolan, på praktisk linje, är jag meriterad att åka direkt in på banken.

Där får jag en gedigen utbildning i varje avdelnings förehavanden, omsätta växlar, räkna bankfackkassor, sitta i kassan osv.
Ut till olika småkontor i de närmsta länen, får känna på allt - i praktiken.

Det är lärorikt.

Att räkna ihop alla sedlar som kom in via bankboxen, packa dom i en helt vanlig pappkartong, kanske 50x50x50 cm, slå om ett brunt omslagspapper, snöre och lacka.

Paketet skall skickas med så kallad assurans, där det framgår hur stort det ekonomiska värdet är på innehållet.

Det kan handla om flera hundratusen, mycket pengar i mitten av 60talet.

Kartongen går jag med, direkt ut på gatan, rundar kvarteret och in på posten.

Tar en taxi till Riksbankens lokalkontor i residensstaden och fyller bagaget med mynt, oftast enkronor, som paketerats i små jutesäckar, 1000 kronor i varje.

Taxin lastas tills den går på knäna.
Sedan 4 mils resa tillbaka till stan.

Parkerar utanför huvudingången till banken.
Sedan in med alla säckar till bankvalvet.

Ingen funderar överhuvudtaget på riskerna med dessa fysiska
pengahanteringar.

Klädnormen är strikt. Kostym, vit skjorta och diskret slips.

Det skall se ut som vi håller på med något viktigt.

Kommer du ihåg slagdängan; - Vad i helvete har dom för sig på
banken efter 3?

Först skall allt under dagen sammanställas, så alla in- och
utgående transaktioner slutar på samma summa.
Detta är den vanligaste förklaringen till varför hela gänget får
stanna kvar, ibland flera timmar efter att banken stängts, klockan
3.

Här ska det lismas och bugas, framför allt när direktören fattar post
vid sin egen dörrpost, in till sitt stora och pösiga rum.
Då vet alla att det är en kund som anses viktigare än alla andra
som är på väg in.

En person dirren har ett särskilt gott öga till är en storbonde från
en gård utanför stan.
Han är väl inte så stor bonde egentligen, men han är stor på det.
Märkvärdig anses han.

Då gäller det att buga, inte med nacken, utan med ryggslutet.
Håhå jaja.

Det andra svaret på vad vi gör på banken efter 3 är att vi sitter inne
i bankvalvet och sorterar ut gamla enkronor ur de nyinkomna
säckarna, med ett silvervärde som är högre än 1 krona.

Tar lån, köper och säljer.
Allt med dirrens goda minne.

Lumpen

Dags att göra lumpen.

Då säger jag upp mig från banken.
Känner att det här vill jag inte ägna mitt framtida liv åt.

Rycker in som befälsämne.
Har väl svarat för bra på frågorna vid mönstringen.
Infanteriets stridsskola blev det. Inf SS förkortat. Huanemej.

Till skjutbanan cyklar eller tolkar vi.

Två långa rep fästs bakom terrängfordonet, ett för varje hjulspår på grusvägen.
10 man längs varje rep.

Nån gång bär det sig inte bättre än att försteman på ett av repen ramlar, varpå ytterligare 9 cyklister hamnar i en enda hög.

Cykelvård skall göras.
Då får man ställa cyklarna upp och ner i snörräta rader i samma riktning.

Allt skall vara rakt, fint och fyrkantigt i lumpen.
Här får ingen ta ut svängarna på eget beväg.

Den första månaden skall vi ledas av en furir med lägsta tänkbara rang.
Han är bara ett år äldre än vi meniga, utsedd att träna på oss nykomlingar.

En sådan är jag tänkt att bli, om jag fattar tycke för denna inriktning på mitt kommande yrkesliv.

Första veckan klarar sig furiren ganska bra.
Att han klarar att hålla oss i schack, beror mest på att vi är helt ovana vid att låta oss hunsas på det sättet.
Vi var mest förvånade och frågande till vad det var för vits med det hela, mer än att vi skulle känna oss underdåniga och mindervärdiga.

Efterhand garvar vi mest åt hans försök att vara överkukku.

Då byts furiren ut mot en överfurir, som har ett senapsstreck till på axeln.

Så får man hålla på och öva och träna på att vara underordnad.

Efterhand får man trappa upp befälsordningen, med mer och mer guldskimrande glitter på axlarna.

En befälstitel heter fanjunkare, den tycker vi är ovanligt kul.
När han på morgonen ropar gomorron soldater, stavade alltid någon i det bakre ledet fel genom att ändra en bokstav i befälstiteln.

I början hör fanjunkaren säkert att några ropar något annat, men det är oantastligt, för han kan inte urskilja vem som stavar fel.
Men till slut, när vi har fått nog av honom, bestämmer vi oss för att med hög röst svara;

God morgon fanrunkare!

Så är hans karriär över, åtminstone som befäl hos oss.

Jag är hyfsat bra på prickskytte, får ett par utmärkelser.
Men det känns obehagligt att skjuta på pappgubbar som ska likna fiender.

När det närmar sig vintern och vi ska plocka fram skidor och vit överdragsklädsel, har jag fått nog.

Blir nerklassad och får göra resterande tjänstgöring på regementets kassa.
Banktjänstemän var lätt räknade bland malajerna.

Går nu klädd i permissionsuniform och handskar som befälen på regementet.
De nyinrykta har fått klart fört sig att man skall hälsa med honnör på alla befäl när man möts på kaserngården.

En sån tror dom att jag är.

Det känns bekvämt att sitta inne i värmen på kassan och betala ut löner.
Kan dessutom ställa mig först i kön till matsalen.

En av kompisarna på luckan har en far som äger gräddbullefabriken i regementsstaden.
Han fixar en hel bil full med purfärska gräddbullar. Sådanadär stora chokladöverdragna, dessutom med kokos på. 30 st i varje kartong.

Vi köper alla varsin kartong. Lastar ur bilen och in på logementet via en grusväg som går rakt utanför logementsfönstret.

Sätter oss andäktigt tillrätta på varsin pall vid våra sänggavlar och
börjar smaska.

Snart är det dags att brassa och garva hela natten lång.

På markan börjar ljudet från The Beatles strömma ur jukeboxen.
Det inspirerar, känns direkt att något stort är på gång.
She loves you, yeah yeah yeah!

Telefonordermottagaren

Väl tillbaka i hemstaden får jag sommarjobb på lagret hos ett kontorsmaterialföretag.

När sommarlovet är slut är jag kvar.
Då börjar man undra om jag inte skall börja skolan snart.
Då berättar jag att jag inte har någon längtan tillbaka till skolbänken och att jag inte tänker plugga vidare.

Ledningen på företaget får reda på att jag har praktisk realexamen i ryggen och jobbat på bank.
På den tiden smäller praktisk realexamen minst lika högt som studentexamen långt senare.

Då får jag jobb som telefonordermottagare, på andra sidan järndörren.
Så på med kavajen igen. Dock ingen snara om halsen den här gången. Befriande.

En riktigt bra dag, dvs många telefonsamtal som ger företaget klirr i kassan, kommer jag hem hesare än vanligt.

Det blev en ovana, att varje gång telefonen ringde, när block och penna var på plats, också plocka fram en cigarett.
Hesheten har sin naturliga förklaring.

Trumslagaren

Spelar trummor i både musikkår och gospelkör.

När vi marscherar på första maj går jag som trumslagare sist och esskornetter och trumpeter längst fram.

Spela trummor, taktfast, är ingen konst, men att spela i halvtakt, i synkoper, är en utmaning som gör att marschen blir lite svängigare.
Det går som en dans, likt en sambaorkester i Latinamerika.

Detta tilltag imponerar inte på esskornettisten längst fram.
Han vänder sig om och skriker, - Spela i takt karl!

Esskornetisten är redan känd som den som blåser den mesta luften upp i huvudet och inte genom munstycket. Blir knallröd i nyllet, även när vi konserterar lugnt och fint i kyrksalen.

Så röd i ansiktet som nu efter utbrottet, när vi marscherar genom stan, har vi aldrig sett honom.

Håller jag på att orsaka honom hjärnblödning?

Så tänker jag nog inte då.

När vi börjar repetera nya sånger i gospelkören, där det alltid är
självklart att allt ska svänga rejält, sitter jag och kompet på
estraden och kören framför oss på kyrkbänkarna.

Och där, bland alla andra tjejer, sitter hon på första bänk.

Kärleken!

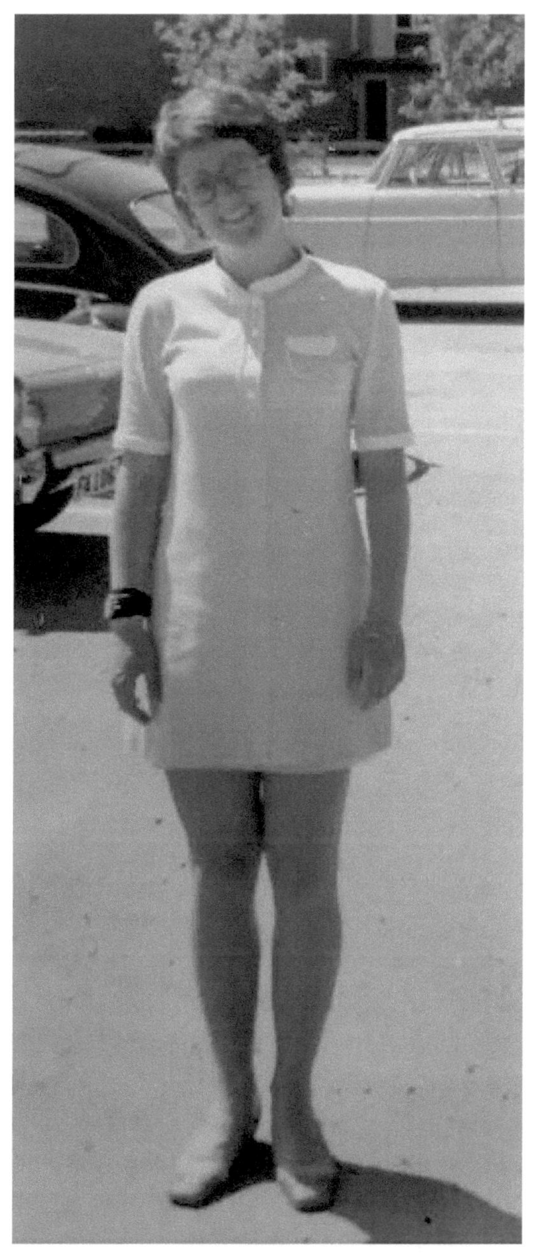

Efter körövningen, när alla står på kyrkbacken och funderar på om
nåt mer skall hända den kvällen, ropar jag med hög röst, är det
nån, som ska hänga med och fika, med hopp om att hon ska
svara.

Vi är ett stort gäng i kören, men den enda som svarar ett svagt
men ändå för mig tydligt, ja, är hon!

Det är sista gången jag kallar henne, nån.

Från och med nu är hon mitt livs stora Kärlek!

bara du som vågat

kärleken vet

Nu blir det bråttom att skaffa egen lya. Vi behöver ju en plats, där
vi kan vara för oss själva.

Till min stora glädje erbjuder sig farsans lillasyster, som fortfarande
är ensamstående kvar hemma och sköter om brodern, att möblera
min nya lilla etta med kokskåp.

Tänker nu att det är storartat, att det kanske handlar om hennes
egen längtan att ta sig ut. Hon förstod hur glad jag var att ha tagit
mig ut och hemifrån och hittat kärleken.

Kärleken är en medveten tjej, som parallelläser bibeln och Marx
Kapitalet.

Hittar citat som stämmer bra överens i båda biblarna.

Där sitter vi på kvällar och helger och läser och jag skolas in i
hennes tankevärld.

       i ett rum med kokvrå

       landar världen

       lägrar sig

De allra flesta tycker att hon läser bibeln som fan läser bibeln.
Men detta händer vid den tiden, då ungdomar börjar göra uppror
mot överheten, både här hemma och ute i världen.

Klädstilen från banken är som bortblåst.
Kärleken tar mig med till både kläd- och skoaffär och jag får en
härligt fri stil, i mina bruna kängor och bruna byxor och gröna
pullover, för att inte tala om den knallgula kostymen i manchester
och bruna polon.

Jag går med på allt, bara jag får va med henne!

Ungdomshemmet

Frimodigheten vet inga gränser och där står de mest lämpade ledarna för tonårsgänget och sträcker cigarett på kyrktrappan.

Det blir naturligtvis inget med de ledarskapsdrömmarna, eftersom ett högt höns förnekar oss denna ynnest.

Det ligger naturligtvis något i att vi var dåliga föredömen som rökte, men ledartyper är vi båda två ändå.

För mig får den sparken en helt annan vändning.

På ungdomshemmet är det full rulle, med rockenroll och fika.

Vi är tillsagda att inte spela för högt, för på andra våningen bor vaktmästarparet.

Hur har man tänkt här?
Vaktmästarbostad ovanför ungdomshemmet...?

Det var inte lätt att spela Rolling Stones och Beatles på låg volym.

Ungdomshemmet används dessutom ofta för kaffestunder efter begravningar.

Vi protesterar mot att vi ungdomar kom i andra hand och mot allt det svarta.

Vi målar om det svarta pianot, knallgrönt!
Så får det förbli så långt jag kan minnas.

Våga språnget - igen!

Kärleken och jag planerar för framtiden och bestämer oss för att söka äventyret och lämna vår lilla stad.

Nu kan äventyret börja!

Att våga språnget, ta sig vidare, upptäcka nya världar, så härligt!

Äventyret i huvudstaden varar 9 år.

Så många gånger vi påminner varandra om hur värdefulla dessa år var och fortfarande är. Här är allt möjligt!

I storstan ligger man så många år framför i utvecklingen än i småstan.
Där härskar inte jantelagen på samma sätt som ute på landet.

Så, miljöombyte är mycket värdefullt att ha varit med om.

Studierna, på var sitt håll, tog sin början, men vi måste träffas, nästan, varje helg.

Ledarinstitutet

Oftast kom Kärleken till mig på internatet.
Då hämtar vi rena nymanglade lakan i husmors hemliga förråd i källaren.

Ledarinstitutet jag börjat på är en filial till en folkhögskola, en yrkesutbildning till fritidsledare.

Här tillämpas ett vuxenpedagogiskt förhållningssätt.
Vi elever är inga tomma kärl som skall fyllas.
Vi är och betraktas som elever med olika kunskaper i bagaget.

Spännande och intressant med besjälade lärare.

Dialogen med oss elever pågår hela tiden.
Här finns inga facit och läroböcker är i huvudsak bredvidläsningsmaterial.

Psykologi och sociologi är heta ämnen. Kopplingar till praktiken finns där hela tiden.

Den ständiga frågan är hur vi ska förhålla oss till barn och ungdomar vi ska jobba med?

Här ges inga betyg. Alla är godkända.

Själv blir jag headhuntad (det ordet var inte uppfunnet då). Ja, just det, redan efter 6 månaders studier erbjuds jag jobb efter utbildningens slut, som ungdomsinstruktör i en av huvudstadens södra förorter, med tjänstebostad och, jämförelsevis, riktigt hyfsad lön.

Vi gifter oss och flyttar in i vår nya bostad, en tvåa med kök och
gasspis och Kärleken bakar våra första bullar!

Kärleken pluggar vidare på sin lärarutbildning ytterligare 2 år.
Pendlar, tidiga morgnar och hem på kvällarna.

Ungdomsinstruktören

I kyrkan råder stor frihet och jag jobbar tillsammans med en progressiv pastor som inte har behov av att sätta sig på mig, till skillnad från vad så många andra får erfara.

Det var en lycklig och lyckad tid med många barn och ungdomar, ideellt arbetande ledare och en hel del aktiva äldre.
En salig åldersblandning kan man säga.

Min roll är först och främst att vara de ideella ledarnas ledare. Bistå med allt som behövs för att frivilligarbetet inte ska va allt för betungande, utan kan göras med glädje.

Vi hyr en egen liten stuga utanför stan dit vi åker på helgerna och många veckolånga läger genomförs under loven på olika håll i landet, både sommar och vinter.

Härliga minnen är också när ett par scoutledare kommer ner till mig efter skolan och kan sitta i timmar och prata om allt viktigt i livet.
De har inte sin bakgrund i kyrkan, av födsel och ohejdad vana, utan är genuint intresserade av att hjälpa barnen att hitta in i friluftslivet, att få minnen med sig för livet.

Kyrkan ligger mitt i centrum av vår förort, med Tunnelbana och Systembolag runt knuten.

Ryktet går i kön utanför systemet där vi är och propagerar för frukost i kyrkan - före öppningsdags.

Programmet är enkelt, med kaffe, gröt och mackor och att vi beblandar oss med våra okända gäster runt borden.
Vi sjunger både kända och okända låtar, spelar familjespel osv.

Om någon tänker i termer av att våra nya vänner ska omvända sig, enligt kyrkans syn på omvändelse, så blir det snarare till att församlingsmedlemmarna blir omvända till att möta verkligheten, bokstavligen runt knuten.

Nu tillämpar vi det som kyrkans budskap, egentligen, handlar om. Att finnas till för dom som har det jävligast.

Det är befriande!

Nu är Kärleken äntligen klar med sin lärarutbildning.

Det nya livet!

På sommaren förbereder vi oss för att det nya livet ska komma till världen, genom att flytta till en modern 3a några förorter längre söderut.

Sent på hösten föds vår förstfödde son!

Vilket under!

I vårt nya bostadsområde bildar vi, tillsammans med några grannar, ett byalag.

Vi får disponera en källarlokal som fungerar som en Fritidsgård för alla åldrar.
Det blir till en trevlig mötesplats och vi jobbar helt ideellt med att finnas till för varandra.

På sommaren anordnar vi gårdsfester och vi blir mer och mer bekanta med varandra.

Så småningom kommer vårt andra barn till världen!
Också han en pojke.

Vi såg det inte som en självklarhet, som många andra.

Har alltid värjt oss mot uttrycket - Skaffa barn.
Vadå skaffa?
Det är ingen självklarhet att man varken vill eller kan få barn.
Det är bara ett stor under om så sker!

Vi har en egen dagmamma som bor i samma hus som vi.
Vilken lyx att lämna pojkarna till henne som vi känner stort
förtroende för.
Själv har hon och hennes man två egna barn.

Intendenten

Kärleken är föräldraledig och jag fortsätter med mitt nya jobb som intendent.

Huvudstaden är indelad i 13 så kallade föreningsråd, finansierade av staden.
Tanken är att ge god service till alla små föreningar ute i bostadsområdena.
 Ett 150tal olika föreningar är etablerade inom mitt ansvarsområde.

Många mindre föreningar har inga egna lokaler, så vi hyr ett 10-tal, ofta lägenheter ute i bostadsområdena, med många gånger välvilliga hyresvärdar, oftast kommunala.

Där får man samsas och samarbetet funkar oftast bra eftersom de har det gemensamt, att vara till för områdets barn och ungdomar och försöka engagera dom utifrån en mångfald av intressen.

Storklubbarna konkurrerar, reda då, med varandra om barnen till sina farmarlag.
Dom ser vi inte röken av i vårt sammanhang och vi saknar dom inte.

I dag, 50 år senare, börjar vi förstå vad som går förlorat, när så mycket av det långsiktigt förebyggande arbetet får stå tillbaka.

Nu är det hårda tag som gäller.

Vid mycket tidig ålder kan vi se behovet av gemensamma insatser, så att barnen inte skall råka illa ut.

Nu står många politiker handfallna över den eskalerande
våldsutvecklingen.

Det förebyggande arbetet måste fortgå hela tiden, finnas
tillgängligt för varje ny generation som växer upp.

Hur okunnig om hur allt hänger samman får man vara, till och med
som minister?

Inte konstigt då att vi vill bura in dom alla i tron på att det ska bli
bättre.

All erfarenhet visar att det inte är lösningen.

när vårvinden viner runt husknuten vår
och våldet är vardag snart vart man än går
då ser jag hur orsak och verkan blir till
hur bilder av ensamhet och ångest slår till

vad gör vi med rysningen när vi vet
hur svikna förhoppningar blir våld, ja vi vet
att bristen på kärlek och ömhet och tid
bli till för varandra och andra tar tid

och vinden sägs blåsa precis vart den vill
men du och jag vill ändå medverka till
att sinnena öppnas hos dom som tycks tro
att orsak och verkan kan delas i två

nej, livet hör samman på gott och på ont
det våld vi nu ser är frukten av det
vi sått sedan länge, att sköta sig själv
och skita i andra, köp slit släng och svälj

men allt kan förändras förvandlas och gro
om drömmar får levas får fäste och ro
skyll inte på ungdomar, de gör som vi vuxna gör,
de drömmer och hoppas, snart öppnas en dörr
till livet med mening till livslust och värme,
kom närmre

Studieledaren

Efter åren på föreningsrådet avslutar jag åren i huvudstaden med 2 år som avdelningsstudieledare på ett Studieförbund.

Far runt i 8 kommuner söder om stan och inspirera till studiecirklar i internationella frågor och arrangerar ett stort antal kulturprogram – med mycket sång och musik.

Tillbaka till rötterna

Men när det börjar närma sig skoldags är vi hemma hos en familj, som också har sina rötter i Småland.

De gör klart för oss att, antingen stannar ni kvar, förmodligen livet ut, eller så drar ni hem till Småland, innan pojkarna börjar skolan.

Det visar sig att den tänkta skolan har 1200 elever.
Det känns som om det skulle vara tryggare för barnen att växa upp hemma i Småland.

Frågan är bara hur vi, som har fasta jobb, ska få nya jobb vid en eventuell flytt.

Då dyker det upp en annons om möjlighet till jobb för mig, men inte för Kärleken.

Vi beslutar oss ändå för att flytta.

Efteråt känns det som ett bra val för hela familjen.

Efter gymnasiet drar pojkarna norrut, till varsin Folkhögskola för musik- och konstnärsstudier.

Att dom sedan återvändet till huvudstaden och bildar familj där känns inte alls avlägset.
De är ju födda där och vet att där finns många fler möjligheter att försörja sig.

Flera vänner varnar oss för att låta pojkarna välja kulturinriktningar för kommande arbetsliv.
Det kan man väl inte leva på, frågar dom sig...

Åren i huvudstaden gav oss perspektiv på tillvaron, som gjorde att allt blev så mycket enklare att leva, när vi sedan återvände till Småland.

Vi flyttar till residensstaden i Småland, med lagom närhet till våra åldrande föräldrar.

Bor första året i stadens miljonprogramområde och skaffar oss sedan ett nytt radhus en bit utanför stan.

Vilken skillnad i möjlighet att skaffa ett eget boende mot den enormt långa kön i huvudstaden.
Vårt radhus annonseras ut i lokaltidningen. Vi tror knappas att det kan vara sant.
Men det är det.

Kojbyggarperioden i skogen intill är ett lyckat projekt som pågår länge.
Det känns tryggt och bra att bo här med närhet till dagis, skola och fritidshem.

Kärleken får jobb som lärarvikarie de första åren.

Fritidskonsulent och Gårdsföreståndare

Fritidskonsulent på vinterhalvåret handlar om att resa runt till tonårsgrupper och entusiasmera för engagemang kring internationella frågor.

Isolera Sydafrikakommittéer och Amnestygrupper bildas.

Som gårdsföreståndare har jag det övergripande ansvaret för verksamheten och ett 25tal ungdomar som får god sommarpraktik under 2-6 veckor vardera.
Husmor är gammal i gården och ansvarar för maten.

De flesta som kommer dit är väletablerade i sina respektive kyrkor. Jag vill gärna vidga perspektivet till att göra sommargården till en gård också för människor som sällan eller aldrig får möjlighet att vistas där.

Har tur med kassören, en erfaren revisor.

Förklarar för honom att jag vill sänka trösklarna till gården, det vill säga sänka avgifterna, så att den som inte har så gott om pengar också ska kunna vistas hos oss.

Hur ska den ekonomiska kalkylen se ut?
Sänka avgifterna och ändå få ekonomin att gå ihop?

Min idé är att fler deltagare än tidigare ska kunna vistas på gården, men till en lägre avgift per deltagare och på det sättet ändå få kalkylen att gå ihop.

Jag avstår också från att anställa en biträdande föreståndare och sänker därmed personalkostnaderna.

Det är ett vågat experiment, men kassören går med på att ge mig en chans att bevisa att det kan fungera.
Han har nämligen sitt hjärta på samma ställe som jag...

Flera nya deltagargrupper kommer till gården och ekonomin går som tåget.

I samfundet finns en engagerad pastor som inte gör som de flesta.
Han engagerar sig i Isolera sydafrikarörelsen.
Honom bjuder jag in att komma och entusiasmera ungdomarna i
sommarlägerverksamheten.

I gårdskyrkan sjungs sånger om frihet, kamp och befrielse för dom
fångna.
Många ungdomar låter sig engageras, medan andra blir upprörda
och tar avstånd.

För lägerdeltagarna, som utgör stommen i verksamheten, spelar
vädret ingen roll.
Skiner solen får man sol på näsan, regnar det och är ruskigt,
kommer man ännu närmare varann.

Husvagnscamparna är mer väderspända.
Skiner inte solen så kräver man jordbuggsfester som
kompensation för det dåliga vädret.

Midsommaraftonen är inne, med mycket folk från när och fjärran.
Vår egen husvagnscamping är fullbokad sedan länge och
dessutom många som tältar.
Det dansas kring stången, man äter, dricker och fröjdas.

Vid husvagnscampingens ingång är ett kraftigt rep upphängt, mest
som en symbolisk markering - hit men inte längre.

Så kommer raggarna i sina fina 50talsåk.

En av raggarbilarna, med ett helt gäng berusade passagerare,
parkerar framför repet.

På motorhuven sitter chauffören med några ölburkar uppradade
framför sig.

Musiken från bilradion är på högsta volym, överröstade lätt
folkdansdragspelet vid stången en bit bort.

En semesterfirande polis kallar på föreståndarens uppmärksamhet
som förväntas ringa, ja just det, kalla på polisen.

Jag knallar upp till husvagnscampingen och ser då
husvagnsfolkets män uppställda som en mur innanför repet med
armarna i kors. De ser något hotfulla ut.

Ska föreståndaren ringa polisen som påbudats, eller vad ska han
göra?

Går fram till grabbarna i bilen och chauffören i en vänlig ton.
Jag förstår att de egentligen inte vill något annat än att få vara med
och leka, men just nu har dom inte styrfart till det.

Öppnar bildörren och sätter mig tillrätta bakom ratten i den fina
raggarbilen.
Nyckeln sitter i. Startar ekipaget. Ett vrål hörs från V8motorn.

Där sitter jag med dom jag känner mest för den
midsommaraftonen!

Backar ut från infarten till husvagnscampingen, sakta, sakta, för att
inte ordinarie chaufför skall ramla av motorhuven och ölburkarna
gå till spillo.
Rullar sedan därifrån på ettans växel med hela besättningen och
med bilradion, fortfarande, på högsta volym.

Detta tilltag, från föreståndarens sida, väcker en sådan vrede att
en styrelsepamp kallar till möte med andra makthavare på
midsommardagen, i akt och mening att föreståndaren skall
tillrättavisas.
Jag skulle ringt polisen menar man, i stället för att avstyra det hela
själv.

Jag tycker snarare att jag bör hedras för min insats.

Efter 3 säsonger känner jag att vi är klara med vårt intensiva
arbete, Kärleken och jag, på toppen av vår ork.

Det var roliga år, men krävande.

Områdesarbete - för samhällsförändring

Dags för en ny utmaning.

Söker och får den nyinrättade tjänsten som föreningsassistent i stadens miljonprogramområde.
Jobbet går ut på att engagera föreningslivet i området till att samverka mer och på så sätt försöka engagera de föreningslösa i området.

Jag är van att jobba, i och för sig, alldeles för många timmar i veckan och kommer till en organisation som, i mina ögon, gått i stå.
En viktig anledning visar sig bero på att verksamheten, under lång tid, saknar engagerad ledning.

Huvudkontoret känner väl till fenomenet, men väljer att låta det hela bero.

Hade jag på förhand känt till den bristfälliga organisationen, hade jag vänt i dörren!

Väljer att söka samarbete med engagerade socialarbetare, lärare, kulturarbetare och fritidsarbetare, närpolis och framför allt engagerade boende i området.

Inventerar vilka förenigar som är verksamma i området.
Efter ett par månaders uppsökande arbete, visar det sig att det finns runt 50 olika föreningar, mer eller mindre aktiva, i området.
Nu blir de synliggjorda för alla.

Jag bjuder in samtliga till regelbundna möten.

De flesta kommer, lär känna varandra och vill bidra till att
engagera fler till sina olika föreningar.

Vi anordnar föreningarnas dag på områdets grönområde, med
levande musik och dans, med uppträdanden av all världens slag.
Woow, vilken engagemang, som varit dolt för så många!

Bara efter något år vill man starta 13 fleråriga projekt i landet
utifrån statens Ungdomsråds utredning, Ej till salu, som handlar
om att motverka kommersialismens negativa inverkan på
uppväxtvillkoren bland barn och unga.

Jag får uppdraget att formulera projektansökan där alla goda
krafter i området är tänkta att samverka.

Så härligt att se hur många boende som vill engagera sig i
projektet, utifrån sina egna idéer om förändring.
Projektet blir vittomfattande och väl dokumenterat.

Att ha ambitionen att vara samhällsförändrande möter också
motstånd. Oj vad det bubblade och oj vad det stormade!

Men tänk, så mycket roligt jag och vi som engagerade oss i
projektet får vara med om, inte bara under de 3 formella
projektåren, utan också ytterligare 4 år i området!

fatta modet

gå

det nya livet börjar

täcket över örat

skyddsänglarna ser på

den första dagen

Fortsättningen

Här väljer jag att ta paus i mitt skrivande.

Minnena, av de nu ej levande, lever vidare i mitt eget sinne.

Nu fortsätter vi att följa er, Boris, Arvid och Vidar och era föräldrars framfart i världen!

Spännande!

Min förhoppning är att boken inspirerar Dig som läsare att formulera - Ditt Nu!

en förhoppningens tanke om mening och mål

om livslust och kampglöd i vardan

vi strävar och stävar mot framtida mål

vår drivkraft är vreden och glädjen

vad är det för mening att kämpa, stå mot

när allt tycks ta helt andra vägar

då sa nån att vägen är resans mål

en resa på krokiga vägar

låt pulsen få slå, bara ett slag i taget

förhoppningar kan inte annat

det går inte fort, förändring tar tid

det vet bara du som har vågat

ta risken att lära nåt nytt är att våga,

låt nyfikenhet råda!